# Ausgewählte Oden und Elegien

## Friedrich Gottlieb Klopstock

# An Herr Schmidten

Der du mir gleich bist, den die Unsterblichen

Höhern Gesängen neben mir auferziehn,

Schau mit mir, Schmidt, auf unsrer Freundschaft

Zärtliche Jugend zurück und fühle,


Was du da fühltest, als in Umarmungen,

Die uns zusegnend der im Olympus sah,

Dein großes Herz mehr deinem Freunde

Als nur gesungene Freundschaft weihte.


Eh wir den Menschen kannten, den göttlichen,

Wenn er durch Taten den, der ihn schuf, verehrt,

Den tiefsten Pöbel aller Geister,

Wenn er sich selbst, wenn er Gott verkennet;


Eh noch des Nachruhms lockender Silberton

Dem Ohre süß klang, eh er allmächtig uns

Mit sich im Wirbelstrome fortriß:

Liebten wir uns unbemerkt und glücklich.

Zwar horcht auch oft schon unser früh waches Ohr

Nicht ganz unschuldig, ganz nicht unwissend mehr,

Wenn von den liedervollen Hügeln

Dichtern die Ewigkeit lächelnd zurief.


Noch jung und furchtsam bebte die Ehrbegier

Durch unser Herz hin. Freund, dann umarmt ich dich,

Da hast du mir die schönsten Tränen,

Welche mir jemals mein Herz durchdrungen,


Auf meine Wangen jugendlich hingeweint:

Tränen der Freundschaft, Tränen der Ehrbegier,

Wenn du mit seelenvollem Auge

Bald mich umarmtest, bald Miltons Schatten


Auf heilgern Bergen, als der Parnassus ist,

Von Seraphinen und von Uranien

Allein besucht, sahst, menscheneinsam

Unnachgeahmt ohne Nebenbuhler.


Ich sah dich still an, und nur Uranien

Allein bemerket, dir aber unbemerkt,

Weissagend, in prophet'schem Geiste,

Segnet ich, Schmidt, dich zum heilgen Dichter.

## Verhängnisse

Königen gab der Olympier Stolz, und sklavischen Pöbel

Um den gefürchteten Thron:

Weisheit gab er den Königen nicht; sonst hielten sie Menschen

Nicht für würgbares Vieh.

Philosophen gab er den Traum, da Wahrheit zu suchen,

Wo sie zu finden nicht ist:

Priestern den Wahn, die göttlichste Wahrheit durch alles zu lehren,

Nur durch Tugenden nicht.

Alles dies gab er im Zorn. Sehr wenig Könige weihen

Ihr erhabenes Amt

Durch ein Gott nachahmendes Wohltun, das über die Menschheit

Sterbliche Menschen erhöht.

Wenig Philosophen erreichen die nähere Weisheit,

Die Glückseligkeit ist.

Selten wandeln Priester dem nach, der lebend sie lehrte,

Und viel weniger sprach.

Tugend gab er nicht Menschen, die gab er Engeln. Ihr Bildnis

Ließ er den Sterblichen nur.

Mir gab er die singende Leier, und redliche Freunde.

Wollt ich, was größer noch ist,

Wollt ich der Himmlischen Glück, die selige Liebe noch bitten,

O so bät ich zu viel!

O so bät ich auch Tugend! Die gab er Engeln! Ihr Bildnis

Ließ er den Sterblichen nur.

Ist die Leier der Weisheit nicht heilig, und singet sie jemals

Was Geringers als sie;

Lieb ich die Freunde nicht treu, die so voll Freundschaft mich lieben,

O so sind mir von ihm,

Alles was er mir gab, auch die unvergeltbarsten Gaben,

Auch im Zorne verliehn.

## Auf meine Freunde

Wie Hebe kühn, und jugendlich ungestüm,

Wie mit dem goldnen Köcher Latonens Sohn,

Unsterblich, sing' ich meine Freunde,

Feiernd in mächtigen Dithyramben.


Willst du zu Strophen werden, o Lied, oder

Ununterwürfig Pindars Gesängen gleich,

Gleich Zeus erhabnen trunknen Sohne,

Frei aus der schaffenden Seele taumeln?


Die Wasser Hebrus wälzten sich adlerschnell

Mit Orpheus Leier, welche die Haine zwang,

Daß sie ihr folgten, die die Felsen

Taumeln, und himmelab wandeln lehrte.


So floß der Hebrus; großer Unsterblicher,

Mit fortgerissen folgte dein fliehend Haupt

Blutig, mit toter Stirn, die Leier

Hoch im Getös ungestümer Wogen.

So floß der Fluß, des Oceans Sohn, daher;

So fließt mein Lied auch, ernst und gedankenvoll;

Des spott' ich, der es unbegeistert,

Richterisch und philosophisch höret.


Den segne, Lied! ihn segne mit festlichen

Entgegengehnden hohen Begrüßungen,

Der dort an dieses Tempels Schwellen

Göttlich, mit Reben umlaubt, hereintritt.


Dein Priester wartet, Sohn der Olympier!

Wo bleibst du, kommst du von dem begeisternden

Pindus der Griechen? oder kommst du

Von den unsterblichen sieben Hügeln,


Wo Zeus und Flaccus nebeneinander, wo

Mit Zeus und Flaccus, Scipio donnerte,

Wo Maro mit dem Capitole,

Um die Unsterblichkeit, göttlich zankte?


Stolz mit Verachtung sah er die Ewigkeit

Von Zeus Palästen: »Einst wirst du Trümmer sein,

Dann Staub, dann des Sturmwinds Gespiele,

Du Capitol, und du Gott der Donner!«


Wie oder kommst du von der Britannier

Eiland herüber? Göttercolonien

Sendet vom Himmel Gott den Briten,

Wann er die Sterblichen dort beseelet.


Sei mir gegrüßet! Mir kommst du stets gewünscht,

Wo du auch herkommst, Sohn der Olympier!

Lieb vom Homerus, lieb vom Maro,

Lieb von Britanniens Göttereiland!


Aber geliebter, trunken und weisheitsvoll

Von Weingebürgen, wo die Unsterblichen

Taumelnd herumgehn, wo die Menschen

Unter Unsterblichen, Götter werden.


Da kommst du itzt her. Schon hat der Rebengott

Sein hohes geistervolles Horn über dich

Reich ausgegossen, Evan schaut dir,

*Ebert,* aus hellen verklärten Augen.

Dir streute, Freund, mein Genius Rebenlaub,

Der unsern Freunden rufet, damit wir uns,

Wie in den Elysäer Feldern,

Unter den Flügeln der Freud' umarmen.


Sie kommen. *Cramern* geht Polyhymnia

Mit ihrer hohen tönenden Leier vor.

Sie geht und sieht auf ihn zurücke,

Wie auf den hohen Olymp der Tag sieht.


Sing, Freund, noch Hermann. Jupiters Adler weckt

Dein Lied von Hermann schon voll Entzücken auf;

Sein Fittig wird breiter, der Schlummer

Wölkt sich nicht mehr um sein feurig Auge.


Die deutsche Nachwelt, wann sie der Barden Lied

Wir sind die Barden künftig in Schlachten singt,

Die wird dein Lied hoch im Getöse

Eiserner Kriege gewaltig singen.


Schon hat den Geist der Donnerer ausgehaucht;

Schon wälzt sein Leib sich blutig im Rheine fort;

Doch bleibt am leichenvollen Ufer

Horchend der flüchtige Geist noch schweben,


Itzt reißt dich Gottes Tochter, Urania,

Allmächtig zu sich. Gott der Erlöser ist

Dein heilig Lied. Auf! segn' ihn, Muse!

Segn' ihn zum Liede der Auferstehung!


Doch, Freund, du schweigst, und siehest mich Weinenden!

Ach! warum starbst du? Göttliche Radikin!

Schön, wie die junge Morgenröte,

Heilig und still, wie ein Sabbat Gottes!


Nimm diese Rosen, *Giseke*! Lesbia

Hat sie mit Zähren heute noch sanft benetzt,

Als sie dein Lied mir, von den Schmerzen

Deiner Gespielin, der Liebe, vorsang.


Du lächelst, Freund! Dein Auge voll Zärtlichkeit

Hat mir dein Herz schon dazumal zugewandt,

Als ich zum erstenmal dich sahe,

Als ich dich sah, und du mich nicht kanntest.

Wenn ich einst tot bin, Freund, so besinge mich!

Dein Lied voll Tränen soll den entfliehenden,

Dir treuen Geist, noch um dein Auge,

Das mich beweint, zu verweilen zwingen.


Dann soll mein Schutzgeist, schweigend und unbemerkt,

Dreimal dich segnen, dreimal dein heilig Haupt

Umfliegen, und nach mir beim Abschied

Dreimal noch sehn, und dein Schutzgeist werden.


Hasser der Torheit, aber auch Menschenfreund,

Allzeit gerechter *Rabner*! dein heller Blick,

Dein lächelnd Antlitz ist nur Freunden,

Freunden der Tugend, und deinen Freunden


Stets liebenswürdig. Aber dem Tor bist du

Stets furchtbar. Lach' ihn ohne Barmherzigkeit

Tot. Laß kein unterwürfig Lachen,

Freund, dich im strafenden Zorne stören!


Stolz und demütig ist der Tor lächerlich.

Sei unbekümmert, wüchs auch der Narren Zahl

Stets; wenn zu ganzen Völkerschaften

Auch Philosophen die Welt bedeckten:


Wenn du nur einen jedes Jahrhundert nährst,

Und weisern Völkerschaften ihn zugesellst;

Wohl dir! wir wollen deine Siege,

Die wir prophetisch sehn, feierlich singen.


Der Nachwelt winkend setz' ich dein heilig Bild

Zu Lucianen hin, und zu Swiften hin.

Hier sollst du, Freund, den Namen (wenig'

Führten ihn) des Gerechten führen.


Lied! werde sanfter! fließe gelinder fort!

Wie auf die Rosen hell aus Aurorens Hand

Der Morgentau träufelt; dort kömmt er,

Heiter, mit lächelnder Stirn, mein *Gellert*!


Dich soll der schönsten Mutter geliebteste

Und schönste Tochter lesen, und reizender

Im Lesen werden, dich in Unschuld,

Sieht sie dich etwa wo schlummern, küssen.


Auf meinem Schoß, in meinen Umarmungen

Soll einst die Fanny, welche mich lieben wird,

Dein süß Geschwätz mir oft erzählen,

Und es zugleich an der Hand, als Mutter,


Die kleine Fanny lehren. Die Tugend, Freund,

Zeigt auf dem Schauplatz niemand allmächtiger,

Als du! Da die zwo edlen Schönen,

Voll von gesetzter und stiller Großmut,


Viel tausend Schönen ewig unnachahmbar,

Unter die Blumen ruhig sich setzeten,

Da weint' ich, Freund, da flossen Tränen

Aus dem gerührten, entzückten Auge.


Da stand ich betend, ernst und gedankenvoll.

O Tugend, rief ich, Tugend, wie schön bist du!

Welch göttlich Meisterstück sind Seelen,

Die, dich in sich hervorzubringen, stark sind!


Noch zweene kommen! den hat vereintes Blut

Unsrer Voreltern zärtlich mir zugesellt;

Jenen des Umgangs süße Neigung,

Und du Geschmack mit der hellen Stirne:

*Schmidt,* der mir gleich ist, den die unsterblichen

Höhern Gesänge neben mir auferziehn,

Und *Rothe,* der sich freier Weisheit,

Und der geselligen Freundschaft heiligt.


Ihr Freunde fehlt noch, die ihr mich künftig liebt.

Wo seid ihr! Ach Zeit! schöne Zeit! säume nicht.

Kommt auserwählte süße Stunden,

Da ich sie seh, und sie sanft umarme!


Und du, o Freundin, die du mich künftig liebst,

Wo bist du! dich sucht, Fanny, mein einsames,

Mein bestes Herz, in dunkler Zukunft,

In Ungewißheit und Nacht, da suchts dich!


Hält dich, o Freundin, hält dich die zärtlichste

Unter den Frauen, mütterlich ungestüm,

Wohl dir! auf ihrem Schoße lernst du

Tugend und Liebe zugleich empfinden!


Wie oder ruhst du, wo dir des Frühlings Hand

Blumen gestreut hat, wo dich sein Säuseln kühlt?

Sei mir gesegnet! dieses Auge,

Ach! dein von Zärtlichkeit volles Auge,


Dieser von Zähren schwimmende süße Blick,

An Allmacht, Fanny, gleicht er den Himmlischen,

An Huld, an süßen Zärtlichkeiten,

Gleicht er dem Blick der noch jungen Eva;


Dies Antlitz voll von Tugend, von Großmut voll,

Dies von Empfindung bebende beste Herz,

Dies, o! die du mich künftig liebst,

Dieses ist mein, doch du selber fehlst mir!


Du, Fanny, fehlst mir! Einsam, von Wehmut voll,

Und bang und weinend, irr' ich und suche dich,

Dich, Freundin, die mich künftig liebet,

Ach! die mich liebt, und mich noch nicht kennet!


Siehst du die Tränen, welche mein Herz vergießt,

Freund, *Ebert*! Weinend lehn' ich mich auf dich hin!

Gib mir den Becher, diesen vollen,

Welchem du winkst, daß ich froh wie du sei!

Doch itzt auf einmal wird mir mein Auge hell,

Scharf zu Gesichten, hell zur Begeisterung.

Ich sehe, dort an Evans Altar,

Tief in dem wallenden Opferrauche,


Da seh' ich langsam heilige Schatten gehn!

Nicht jene, die sich traurig von Sterbenden

Loshüllen, nein, die, welch' im Schlummer

Geistig vom göttlichen Trinker düften.


Euch bringt die Dichtkunst oftmals im weichen Schoß

Zu Freunden! kein Aug' unter den Sterblichen

Entdeckt sie; du nur, seelenvolles,

Trunknes, poetisches Auge, siehst sie!


Drei Schatten kommen! neben den Schatten tönts,

Wie Dindymene, hoch aus dem Heiligtum,

Allgegenwärtig niederrauschet,

Und mit gewaltiger Cymbel tönt!


Oder, wie aus den Götterversammlungen,

Mit Agyieus Leierton, himmelab,

Und taumelnd, hin auf Weingebürgen,

Satzungenlos Dithyramben donnern!


Der du dort wandelst, ernsthaft und aufgeklärt,

Das Auge voll von weiser Zufriedenheit,

Die Lippe voll von feinem Scherz, ihm

Horcht die Aufmerksamkeit deiner Freunde,


Ihm horcht entzückt die feinere Schäferin

Schatten, wer bist du! Ebert! Itzt neigt er sich

Zu mir, und lächelt! Ja, er ist es!

Siehe! der Schatten der ist mein *Gärtner!*


Du deinen Freunden liebster Quintilius,

Der unverstellten Wahrheit vertraulichster!

Ach komme doch, *Gärtner,* deinen Freunden

Ewig zurück! doch du fliehest und lächelst!


Flieh nicht! Mein *Gärtner*! flieh nicht! du flohst ja nicht,

Als wir, an jenem traurigen Abende,

Um dich, voll Wehmut, still versammlet,

Da dich umarmten, und Abschied nahmen!


Die letzten Stunden, da du uns Abschied nahmst,

Der Abend soll mir festlich und heilig sein!

Da lernt' ich, Freund, wie sich die Edlen,

Wie sich die wenigen Edlen liebten!


Viel Abendstunden fasset die Nachwelt noch.

Lebt sie nicht einsam, Enkel, und heiligt sie

Der Freundschaft, wie sie eure Väter

Heiligten, und euch Exempel wurden!


In meinen Armen, trunken und weisheitsvoll,

Sprach Ebert: Evoë! Evoë! *Hagedorn!*

Da kömmt er über Rebenblättern

Mutig einher, wie Lyäus, Zeus Sohn!


Mein Herze bebt mir! Stürmend und ungestüm

Zittert die Freude durch mein Gebein dahin!

Evoë! mit deinem schweren Thyrsus,

Schone, mit deinem gefüllten Weinkelch.


Dich deckt als Jüngling eine Lyäerin,

Nicht Orpheus Feindin, weislich mit Reben zu!

Und dies war allen Wassertrinkern

Wunderbar, und die in Tälern wohnen,

Wo Wasserbäch' und Brunnen die Fülle sind,

Vom Weingebürgeschatten unabgekühlt!

So schliefst du, sicher vor den Schwätzern,

Nicht ohne Götter, ein mutiger Jüngling!


Mit seinem Lorbeer hat auch Patareus,

Und mit gemischten Myrten dein Haupt umkränzt.

Wie Pfeile von dem goldnen Köcher

Tönt dein Lied; wie des Jünglings Pfeile


Schnell rauschend klangen, da der Unsterbliche

Nach Peneus Tochter durch die Gefilde flog,

Oft wie der Satyrn Hohngelächter,

Da sie den Wald noch nicht laut durchlachten.


Zu Wein und Liedern wähnen dich Priester nur

Allein geboren; denn den Unwissenden

Sind die Geschäfte großer Seelen

Unsichtbar stets, und verdeckt gewesen.


Dir schlägt ein männlich Herz auch, dein Leben ist

Viel süßgestimmter, als ein unsterblich Lied.

Du bist in unsokrat'schen Zeiten

Wenigen Freunden, ein teures Muster.


Er sprachs. Itzt sah ich über den Altar her,

Auf Opferwolken, *Schlegeln* mit dichtrischen

Geweihten Lorbeerschatten kommen,

Und unerschöpflich, vertieft und ernsthaft,


Um sich erschaffen. Werdet! da wurden ihm

Lieder! die sah ich menschliche Bildungen

Annehmen! Ihnen haucht' er, schaffend

Leben und Geist ein, und ging betrachtend


Unter den Bildern, wie Berecyntia

Durch den Olympus hoch im Triumphe geht,

Wenn um sie ihre Kinder alle

Ringsum versammlet sind; lauter Götter!


Noch eins nur fehlt dir. Werd' uns auch Despreaux!

Daß, wenn sie etwa zu uns vom Himmel kömmt,

Die goldne Zeit, der Musen Hügel

Leer vom undichtrischen Pöbel da steh!

Komm, goldne Zeit! Komm, die du die Sterblichen

Selten besuchest, komm! laß dich, Schöpferin!

Laß, bestes Kind der Ewigkeiten,

Dich über uns mit verklärtem Flügel!


Tief, voll Gedanken, voller Entzückungen,

Geht die Natur dir, Gottes Nachahmerin,

Schaffend zur Seiten, große Geister,

Wenige Götter der Welt zu bilden.


Natur! dich hör ich durchs Unermeßliche

Wandeln! so wie mit sphärischem Silberton

Gestirne, Dichtern nur vernommen,

Niedrigen Geistern unhörbar, wandeln!


Aus allen goldnen Altern begleiten dich,

Natur, die großen Dichter des Altertums,

Die großen neuern Dichter. Segnend

Seh ich ihr heilig Geschlecht hervorgehn!

## Die Stunden der Weihe

Euch Stunden, grüß ich, welche der Abendstern

Still in der Dämmrung mir zur Erfindung bringt,

O geht nicht, ohne mich zu segnen,

Nicht ohne große Gedanken weiter!


Im Tor des Himmels sprach ein Unsterblicher:

»Eilt, heilge Stunden, die ihr die Unterwelt

Aus diesen hohen Pforten Gottes

Selten besuchet, zu jenem Jüngling,


Der Gott, den Mittler, Adams Geschlechte singt!

Deckt ihn mit dieser schattigen kühlen Nacht

Der goldnen Flügel, daß er einsam

Unter dem himmlischen Schatten dichte.


Was ihr gebaret, Stunden, das werden einst,

Weissaget Salem, ferne Jahrhunderte

Vernehmen, werden Gott, den Mittler

Ernster betrachten, und heilig leben.«

Er sprachs. Ein Nachklang von dem Unsterblichen

Fuhr mir gewaltig durch mein Gebein dahin;

Ich stand, als ging' in Donnerwettern

Über mir Gott, und erstaunte freudig.


Daß diesem Ort kein schwatzender Prediger,

Kein wandelloser Christ, der Propheten selbst

Nicht fühlt, sich nahe! Jeder Laut, der

Göttliche Dinge nicht tönt, verstumme!


Deckt, heilge Stunden, decket mit eurer Nacht

Den stillen Eingang, daß ihn kein Sterblicher

Betrete, winkt selbst meiner Freunde

Gerne gehorchten, geliebten Fuß weg!


Nur nicht, wenn Schmidt will aus den Versammlungen

Der Musen Sions zu mir herübergehn;

Doch, daß du nur vom Weltgerichte,

Oder von deiner erhabnen Schwester,

Dich unterredest! Auch wenn sie richtet, ist

Sie liebenswürdig. Was ihr empfindend Herz

In unsern Liedern nicht empfunden,

Sei nicht mehr! was sie empfand, sei ewig!

# Die Verwandlung

Als ich unter den Menschen noch war, da war ich ein Jüngling,

Weiblich und zart von Gefühl,

Ganz zur Empfindung der Liebe geschaffen. So zärtlich und fühlend

War kein Sterblicher mehr.

Also sah ich ein göttliches Mädchen; so zärtlich und fühlend

War keine Sterbliche mehr.

Aber ein unerbittliches Schicksal, ein eisernes Schicksal

Gab mir ein hartes Gesetz,

Ewig zu schweigen, und einsam zu weinen. So zärtlich und elend

War kein Sterblicher mehr.

Einst sah ich sie im Haine; da ging ich seitwärts und weinte

Seitwärts ins Einsame hin,

Tief in den dunkelsten Hain, der den bängsten Schmerzen geweiht war,

Und dem erbebenden Geist.

Ach, vergebens erschaffne wenn jene, die die Natur dir

Gleich schuf, ewig dich flieht

Ach, vergebens unsterbliche Seele! wenn ewig einsam

Dir die Unsterblichkeit ist.

Wenn du, da du die Seelen erschufst, zwo Seelen von vielen,

Mütterliche Natur,

Zärtlicher und sich ähnlich erschufst, und gleichwohl sie trenntest,

Sage, was dachtest du da,

Mütterliche Natur? Sonst immer weise, mir aber

Hier nicht weise genug,

Hier nicht zärtlich genug! nicht mehr die liebende Mutter,

Die du immer sonst warst!

Ach, wenn dich noch Tränen erweichten! und wenn ein vor Wehmut

Bang erbebendes Herz

Dich und dein eisernes Schicksal und seine Donner versöhnte,

Wenn du Mutter noch wärst!

Wenn, wie vormals, dein Ohr, zur Zeit des goldenen Alters,

Stammelnde Seufzer vernähm'!

Aber du bleibst unerbittlich und ernst. So sei es denn ewig!

Sei's! nicht mehr Mutter, Natur!

Warum hast du mich nicht, wie diesen Hain hier, erschaffen,

Ruhig und ohne Gefühl?

Warum nicht, wie den Sänger des Hains? Er fühlt sich vielleicht nicht,

Oder ist es Gefühl,

Was er tönet; sinds zärtliche Klagen, die seufzend sein Mund singt,

Ach, so wird er gehört!

Ach, so lieben ihn Sängerinnen! so donnert kein Schicksal

Sie zu trennen daher!

Ach, so fühlt er kein menschliches Elend! Auf, laß mich wie er sein!

Nicht mehr Mutter, Natur,

Schaffe zur Nachtigall mich! doch laß mir die menschliche Seele,

Diese Seele nicht mehr!

Also sagt' ich, und wurde verwandelt, doch blieb mir die Seele

Und mein zu fühlendes Herz;

Und, nicht glücklicher, klag' ich noch einsam, und weine die Nacht durch

Und den mir nächtlichen Tag.

Wenn der Morgen dahertaut, wenn glücklichern Vögeln und Menschen

Du, o Abendstern, winkst,

Geht, die ich lieb', im Haine daher; dann sing' ich ihr Klagen,

Aber sie höret mich nicht.

O so höre mich, Jupiter, dann, du, des hohen Olympus

Donnerer, höre du mich:

Schaffe zum Adler mich um, laß deinen Donner mich tragen,

Daß sein kriegrischer Schall

Hart und fühllos mich mache, daß in den hohen Gewittern

Zärtlich mein Herz nicht mehr bebt,

Daß ich die ehernen donnernden Wagen des Zeus nur erblicke,

Aber kein blühend Gesicht,

Und kein lächelndes Auge, das seelenvoll redt, und die Sprache

Der Unsterblichen spricht.

Also sang er und wurde zum Adler, und an dem Olympus

Zog sich ein Wetter herauf.

**Das Landleben**


Nicht in den Ozean

Der Welten alle

Will ich mich stürzen!

Nicht schweben, wo die ersten Erschaffnen,

Wo die Jubelchöre der Söhne des Lichts

Anbeten, tief anbeten,

Und in Entzückung vergehn!


Nur um den Tropfen am Eimer,

Um die Erde nur, will ich schweben,

Und anbeten!


Halleluja! Halleluja!

Auch der Tropfen am Eimer

Rann aus der Hand des Allmächtigen!

Da aus der Hand des Allmächtigen

Die größern Erden quollen,

Da die Ströme des Lichts

Rauschten, und Orionen wurden;

Da rann der Tropfen

Aus der Hand des Allmächtigen!

Wer sind die tausendmal tausend,

Die myriadenmal hundert tausend,

Die den Tropfen bewohnen?

Und bewohnten?

Wer bin ich?

Halleluja dem Schaffenden!

Mehr als die Erden, die quollen!

Mehr als die Orionen,

Die aus Strahlen zusammenströmten!

Aber, du Frühlingswürmchen,

Das grünlichgolden

Neben mir spielt,

Du lebst;

Und bist, vielleicht

Ach, nicht unsterblich!


Ich bin herausgegangen,

Anzubeten;

Und ich weine?


Vergib, vergib dem Endlichen

Auch diese Tränen,

O du, der sein wird!


Du wirst sie alle mir enthüllen,

Die Zweifel, alle,

O du, der mich durchs dunkle Tal

Des Todes führen wird!


Dann werd ich es wissen:

Ob das goldne Würmchen

Eine Seele hatte?


Wärest du nur gebildeter Staub,

Würmchen, so werde denn

Wieder verfliegender Staub,

Oder was sonst der Ewige will!


Ergeuß von neuem, du mein Auge,

Freudentränen!

Du, meine Harfe,

Preise den Herrn!


Umwunden, wieder von Palmen umwunden

Ist meine Harfe!

Ich singe dem Herrn!


Hier steh ich.

Rund um mich ist alles Allmacht!

Ist alles Wunder!


Mit tiefer Ehrfurcht,

Schau ich die Schöpfung an!

Denn du!

Namenlosester, du!

Erschufst sie!

Lüfte, die um mich wehn,

Und süße Kühlung

Auf mein glühendes Angesicht gießen,

Euch, wunderbare Lüfte,

Sendet der Herr! Der Unendliche!

Aber itzt werden sie still; kaum atmen sie!

Die Morgensonne wird schwül!

Wolken strömen herauf!

Das ist sichtbar der Ewige,

Der kömmt!

Nun fliegen, und wirbeln, und rauschen die Winde!

Wie beugt sich der bebende Wald!

Wie hebt sich der Strom!

Sichtbar, wie du es Sterblichen sein kannst,

Ja, das bist du sichtbar, Unendlicher!

Der Wald neigt sich!

Der Strom flieht!

Und ich falle nicht auf mein Angesicht?

Herr! Herr ! Gott! barmherzig! und gnädig!

Du Naher!

Erbarme dich meiner!

Zürnest, du, Herr, weil Nacht dein Gewand ist?

Diese Nacht ist Segen der Erde!

Du zürnest nicht, Vater!

Sie kömmt, Erfrischung auszuschütten

Über den stärkenden Halm!

Über die herzerfreuende Traube!

Vater! du zürnest nicht!


Alles ist stille vor dir, du Naher!

Ringsum ist alles stille!

Auch das goldne Würmchen merkt auf!

Ist es vielleicht nicht seelenlos?

Ist es unsterblich?


Ach vermöcht ich dich, Herr, wie ich dürste, zu preisen!

Immer herrlicher offenbarst du dich!

Immer dunkler wird, Herr, die Nacht um dich!

Und voller von Segen!


Seht ihr den Zeugen des Nahen, den zückenden Blitz?

Hört ihr den Donner Jehovah?

Hört ihr ihn?

Hört ihr ihn?

Den erschütternden Donner des Herrn?


Herr! Herr! Gott! barmherzig und gnädig!

Angebetet, gepriesen

Sei dein herrlicher Name!


Und die Gewitterwinde? Sie tragen den Donner!

Wie sie rauschen! Wie sie die Wälder durchrauschen!

Und nun schweigen sie! Majestätischer

Wandeln die Wolken herauf!

 Seht ihr den neuen Zeugen des Nahen,

Seht ihr den fliegenden Blitz?

Hört ihr hoch in den Wolken den Donner des Herrn?

Er ruft Jehovah!

Jehovah!

Jehovah!

Und der gesplitterte Wald dampft!


Aber nicht unsre Hütte!

Unser Vater gebot

Seinem Verderber

Vor unsrer Hütte vorüberzugehn!


Ach schon rauschet, schon rauschet

Himmel und Erde vom gnädigen Regen!

Nun ist, wie dürstete sie! die Erd erquickt,

Und der Himmel der Fülle des Segens entladen!


Siehe, nun kömmt Jehovah nicht mehr im Wetter!

Im stillen, sanften Säuseln

Kömmt Jehovah!

Und unter ihm neigt sich der Bogen des Friedens.

**Edone**

Dein süßes Bild, Edone,

Schwebt stets vor meinem Blick;

Allein ihn trüben Zähren,

Daß du es selbst nicht bist.


Ich seh' es, wenn der Abend

Mir dämmert, wenn der Mond

Mir glänzt, seh ichs, und weine,

Daß du es selbst nicht bist.


Bei jenes Tales Blumen,

Die ich ihr lesen will,

Bei jenen Myrtenzweigen,

Die ich ihr flechten will,


Beschwör ich dich, Erscheinung,

Auf, und verwandle dich!

Verwandle dich, Erscheinung,

Und werd Edone selbst!

# Unsre Sprache

## 1775

An der Höhe, wo der Quell der Barden in das Tal

Sein fliegendes Getöne, mit Silber bewölkt,

Stürzet, da erblickt' ich, zeug' es, Hain!

Die Göttin! sie kam zu dem Sterblichen herab!


Und mit Hoheit in der Miene stand sie! und ich sah

Die Geister um sie her, die, den Liedern entlockt,

Täuschen, ihr Gebild. Die Wurdi's Dolch

Unschuldige traf, die begleiteten sie fern,


Wie in Dämmrung; und die Skulda's mächtigerer Stab

Errettete, die schwebten umher in Triumph,

Schimmernd, um die Göttin, hatten stolz

Mit Laube der Eiche die Schläfe sich bekränzt!


Den Gedanken, die Empfindung, treffend, und mit Kraft,

Mit Wendungen der Kühnheit, zu sagen! das ist,

Sprache des Thuiskon, Göttin, dir,

Wie unseren Helden Eroberung, ein Spiel!

O Begeistrung! Sie erhebt sich! Feurigeren Blicks

Ergießet sich ihr Auge, die Seel' in der Glut!

Ströme! denn du schonest des umsonst,

Der, leer des Gefühls, den Gedanken nicht erreicht!


Wie sie herschwebt an des Quells Fall! Mächtiges Getön,

Wie Rauschen in den Nächten des Walds ist ihr Schwung!

Draußen im Gefilde braust der Sturm!

Gern höret der Wandrer das Rauschen in dem Wald!


Wie sie schwebet an der Quelle! Sanfteres Getön,

Wie Wehen in dem tieferen Wald ist ihr Schwung.

Draußen im Gefilde braust der Sturm!

Gern höret im Walde der Wanderer das Wehn.


So erscholl mir's von der Telyn Saite, wie im Flug.

Mich dauchte, daß die Göttin mit Lächeln auf mich

Blickte: da durchströmt' es all mein Blut

Mit Feuer, und Röte, wie jugendlicher Tanz,


In dem Frühlinge getanzt glühte mir herauf

Die Wange! Ihr Begleiter! ihr Geister! so rief

Eiliger ich aus, ihr saht den Blick

Der Göttin, sie lächelt! Ihr Genien, ihr sahts!


O des Zaubers, den sie jetzo zaubert! Er gebeut;

Die Geister der Gesänge gesungen durch mich

Kommen, ihr Gebild, und haben stolz

Mit heiligem Laube die Schläfe sich bekränzt,


Mit dem jüngsten aus den Hainen! Hebe doch der Dolch

Der Norne sich! Er fehlt sie! Die Göttin hat sie

Schirmend, auf der Bahn des schweren Gangs

Des kühnen, hinauf zu Unsterblichkeit geführt!


### Das Wiedersehn


Der Weltraum fernt mich weit von dir,

So fernt mich nicht die Zeit.

Wer überlebt das siebzigste

Schon hat, ist nah bei dir.


Lang sah ich, Meta, schon dein Grab,

Und seine Linde wehn;

Die Linde wehet einst auch mir,

Streut ihr Blum' auch mir,


Nicht mir! Das ist mein Schatten nur,

Worauf die Blüte sinkt;

So wie es nur dein Schatten war,

Worauf sie oft schon sank.

Dann kenn' ich auch die höhre Welt,

In der du lange warst;

Dann sehn wir froh die Linde wehn,

Die unsre Gräber kühlt.


Dann ... Aber ach ich weiß ja nicht,

Was du schon lange weißt;

Nur daß es, hell von Ahndungen,

Mir um die Seele schwebt!


Mit wonnevollen Hoffnungen

Die Abendröte kommt:

Mit frohem, tiefen Vorgefühl,

Die Sonnen auferstehn!


## Winterfreuden

Also muß ich auf immer, Kristall der Ströme, dich meiden?

Darf nie wieder am Fuß schwingen die Flügel des Stahls?

Wasserkothurn, du warest der Heilenden einer; ich hätte,

Unbeseelet von dir, weniger Sonnen gesehn!

Manche Rose hat mich erquickt; sie verwelkten! und du liegst,

Auch des Schimmers beraubt, liegest verrostet nun da!

Welche Tage gabest du mir! wie begannen sie, wenn sich

In der Frühe Glanz färbte noch bleibender Reif;

Welche Nächte, wenn nun der Mond mit der Heitre des Himmels,

Um der Schönheit Preis, siegend stritt, und besiegt.

Dann war leichter der Schwung, und die Stellung unkünstlicher, froher

Dann der Rufenden Laut, blinkete heller der Wein,

Und wie war der Schlaf der endlich Ermüdeten eisern,

Wie unerwecklich! Wer schlief jemals am Baume wie wir?

Aber es kam mit gebotnem Gepolter der Knecht; und wir sahen

Wieder den farbigen Reif, wieder den Schimmer der Nacht.

Der du so oft mit der labenden Glut der gefühlten Gesundheit

Mich durchströmetest, Quell längeres Lebens mir warst,

Wenn ich vorüberglitt an hellbeblüteten Ulmen;

Schnee war die Blume; der Bahn warnende Stimme vernahm,

Mit nachhorchendem Ohr; auch wohl hinschwebt' an der Ostsee,

Zwischen der Sonne, die sank, und dem Monde, der stieg;

Oder wenn, den die Flocken zu tausenden in sich verhüllten,

Und den schwindelte, Sturm auf das Gestade mich warf:

Ach einst wurdest du mir, Kothurn, zum tragischen! führtest

Mich auf jüngeres Eis, welches dem Eilenden brach.

Bleich stand da der Gefährt; mein Schutzgeist gab mir Entschluß ein;

Jener bebte nicht mehr: und die Errettung gelang.

Als sie noch schwankend schien, da rührte mich innig des Himmels

Lichtere Bläue, vielleicht bald nun die letzte für mich!

Dank dir noch einmal, Beindorf, daß du mich rettetest! Dir kam

Lang schon die letzte; mir macht sie die Erde noch schön.


### An die rheinischen Republikaner


Das Ungeheuer wurde zerschmettert, liegt

Gestreckt in seiner Höhle, die Jakobszunft;

Doch ward der Höhle Schlund vom Felsen,

Den sie ihm wälzten, nicht ganz gefüllet.


Er hauchet Pest! Dem korsischen Jünglinge

Hat die sein Haupt so, so ihm das Herz entflammt,

Daß er euch mit gehobnem Schwerte,

Völker Hesperiens, Freiheit aufjocht.


Wie schwach sind eines Kriegers Bewunderer,

Der sie, die schönste Schöpfung der späten Welt,

Die Freiheit, in den Staub tritt, andre

Bildung des Staats, als ihr wählt, gebietend!


Vielleicht vergäßt ihr, Dulder! die plastischen

Gewaltsamkeiten: wären sie mehr als Wort,

Das stumm wird vor der Sklavenkette

Rasseln, die euch die Beherrschung anlegt.




Daß er sein Volk ganz blende, beschwört er, schickt

Kunstzauber, reicht Apollo den Wanderstab.

O wird die *Seine* nur dem Drachen

Tilger nicht Lethe, wie dem der Ligue.


Nicht Belvederer ist der Apollo dann,

Wenn neben Heinrich er in der *Seine* liegt;

Er sieht dann Schlamm nur, und vor Schlamme

Kaum den Besieger des zweiten Python.

Wer dieses Grab des lange vergötterten

Heinrichs voraussah, mag auch das Künftige

Des Volks weissagen, das in jeder

Leidenschaft Strom unerrettbar treibet!

 Erwägt, durchdenkt es, Deutsche, mit euerm Ernst.

Wollt denen euer Schicksal, der Kinder Heil

Ihr anvertrauen, die in jeder

Leidenschaft Strom unerrettbar treiben?

# Sie

Freude, wem gleichst du? Umsonst streb ich zu wählen. Du bist

Allem, was schöner ist, gleich, allem, das hoch

Sich erhebet, allem, was ganz

Rühret das Herz.


O, sie kennen dich nicht! Wissen sie, daß du nicht kommst,

Wenn sie dir rufen? daß du, Freieste du,

Sie, wenn zu zwingen sie wähnen, verlachst,

Fliehend verlachst?


Freieste, aber du bist Fühlenden, Redlichen hold,

Lächelst ihnen. Du labst dann wie der West,

Blühest wie Rosen, welche mit Moos

Gürten ihr Blatt,


Glühst von der Lerche Glut, hebt sie gen Himmel sich, weinst,

Wie die gekränzete Braut, wie, wenn den Sohn,

Junge Mutter nunmehr, sie umarmt,

Drückt an ihr Herz.

Aber du weinest auch, wenn mit der Wehmut du dich

Einst und der Tröstung. Besucht oft sie, ihr drei,

Denen ihr liebe Gespielinnen seid,

Grazien seid!

## An die Dichter meiner Zeit

Die Neuern sehen heller im Sittlichen,

Als einst die Alten sahn. Durch das reinere

Licht, diese reife Kenntnis, hebt sich

Höher ihr Herz, wie das Herz der Alten.


Drum dürfet ihr auch, wenns in den Schranken nun

Der Künste Sieg gilt, kämpfen beseelt vom Mut,

Dürft, wenn der Herold hoch den Lorbeer

Hält, mit den Kalokagathen kämpfen!


Viel Zweig' und Sprosse haben die Tugenden;

Zu jedem stimmen laut die Empfindungen:

Da grünet, blüht nichts bis zum hohen

Wipfel, das nicht in die Seele dringe.


Viel Zweig' und Sprosse hat auch die böse Tat;

Vor jedem schauern auf die Empfindungen:

Da welket, dorrt nichts bis zum hohen

Wipfel, das nicht in die Seele dringe.

Die mehr der Stufen zu dem Unendlichen

Aufstiegen, schauen höhere Schönheit. Er,

Das Sein, ward durch des Altertumes

Märchen entstellt, die von Göttern sangen.


Heiß ist, wie weit auch strahle der Kenntnis Licht,

Der Kampf ums Kleinod! Wem bei der Fackel Glanz

Nicht laut das Herz schlägt, froh nicht bebet,

Flieht, ist er weise, die Ebnen Delphi's.


Der ersten Zauberin in des Dichters Hain,

Darstellung heißt sie, weihet der, opfert ihr

Der Blüten jüngste! Diese Göttin,

Streitende, muß euch mit Huld umschweben.


Wenn Geist mit Mut ihr einet, und wenn in euch

Des Schweren Reiz nieschlummernde Funken nährt;

Dann werden selbst der Apollona

Eifrigste Priester euch nicht verkennen.

Denn ihnen winkt der amphiktyonische

Kampfrichter; sie sind seiner Gesetze, sind

Des eingedenk, daß in der Tafeln

Erste gegraben war: Keuscher Ausspruch!


Der Enkel siehet einst von Elysium

Achäas Schemen kommen, und (in dem Hain

Umweht es sie melodisch) euren

Sieg ihm verkünden mit edlem Lächeln.


## Die Waage


»Du zählst die Stimmen: wäge sie, willst du nicht

Des Ruhms dich töricht freuen, der dir erschallt.«

Sehr mühsam ist die Wägung! »Nun so

Zähle zugleich denn die Widerhalle.«


Der Blick ermüdet, der auf die Waage schaut.

Wie säumts! wie viel der lastenden Zeit entschleicht,

Bevor im Gleichgewicht die Schalen

Schweben, und endlich der Weiser ausruht!

Und tönt der Nachhall etwa Unliebliches,

Wenn er in ferner Grotte Musik beginnt,

Und seine Melodie sich immer

Sanfter dem Ohre verlieret? »Zähle!«

# Die Wahl

Europa herrschet. Immer geschmeichelter

Gebietest du der Herrscherin, Sinnlichkeit!

Die Blumenkette, die du anlegst,

Klirret nicht, aber umringelt fester,


Als jene, die den bleichen Gefangenen

Im Turme lastet. Zauberin Sinnlichkeit,

Du tötest alles, was erinnert,

Daß sie nicht Leib nur, daß eine Seele


Sie auch doch haben! Von der Erhabenen,

Von ihrer Größe red ich nicht, sage nur:

Du schläferst ein, daß sie in sich nichts

Außer der schlagenden Ader fühlen.


Das soll nun endlich enden! Der edle Krieg

Der großen, liebenswürdigen Gallier

Raubt bis zum letzten Scherf. Euch sinket

Welkend vom Arme die Blumenkette.

Die Donnerstimme schallt euch der eisernen

Notwendigkeit! Ihr strauchelt des Lebens Weg

Verarmt: wie wär es möglich, daß ihr

Nun in der Zauberin Schoß noch ruhtet?


Doch wenn ein Funken Seele vielleicht in euch

Aufglimmet, wenn ihr zürnt, daß ihr Knechte seid ...

Was frommts? Ihr habt zum Flintenstein die

Pfennige nicht, noch zu einer Kugel!


Ihr saht es welken, hörtet die eiserne

Notwendigkeit. Was wollet ihr tun? Wohlan,

Zur Wahl: Verzweifelt! oder macht euch

Glücklicher, als es der Zauber konnte.


Wer, was die Schöpfung, und was er selbst sei, forscht;

Anbetend forscht, was Gott sei, den heitert, stärkt

Genuß des Geistes: wen nach diesen

Quellen nie dürstete, der erliegt.


Der Künste Blumen können zur Heiterkeit

Auch wieder wecken; führt euch des Kenners Blick.

Die Farbe trüget oft; der Blumen

Seelen sind labende Wohlgerüche.


## Losreißung


Weiche von mir, Gedanke des Kriegs, du belastest

Schwer mir den Geist! du umziehst ihn, wie die Wolke,

Die den weckenden Strahl einkerkert,

Den uns die Frühe gebar;


Steckest ihn an mit Trauer, mit Gram, mit des Abscheus

Pestigen Glut, daß, verzweifelnd an der Menschheit,

Er erbebt, und ach nichts Edles

Mehr in den Sterblichen sieht!


Kehre mir nie, Gedanke! zurück, in den Stunden

Selbst nicht zurück, wenn am schnellsten du dich regest,

Und vom leisesten Hauch der Stimme

Deiner Gefährten erwachst.


Schöne Natur, Begeisterung sei mir dein Anschaun!

Schönheit der Kunst, werd auch du mir zu Beseelung!

Völkerruhe, die war, einst wieder

Freuen wird, sei mir Genuß!


Schöne Natur ... o blühen vielleicht mir noch Blumen?

Ihr seid gewelkt; doch ist süß mir die Erinnrung.

Auch des heiteren Tags Weissagung

Hellet den trüben mir auf.


Aber wenn ihr nun wieder mir blüht, wenn er wirklich

Leuchtet, so strömt mir Erquickung, so durchwall' er

Mit Gefühl mich, das tiefre Labung

Sei, wie der Flüchtige kennt.


Höret! Wer tönt vom Siege mir dort? vom Gemorde?

Aber er ist, o der Unhold! schon entflohen;

Denn ich bannet' ihn in die Öde,

Samt den Gespensten der Schlacht!


Lebender Scherz sei unser Genoß, und das sanfte

Lächeln, dies geh' in dem Auge, wie der junge

Morgen auf; der Gesang erhebt; ihr

Kränzet die Traub' im Kristall;


Weckt zu Gespräch, des Freude den Ernst nicht verscheuchet.

Freundschaft und Pflicht, die nur handelt, und nicht redet,

Sei von allem, was uns veredelt,

Unser geliebteres Ziel!


Forschung, die still in dem sich verliert, was schon lange

War, und was wird, in der Schöpfung Labyrinthe!

Du bist Quelle mir auch, von der mir

Wonne der Einsamkeit rinnt.


Hat sich mein Geist in der Wahrheit vertieft, die auch fern nur

Spuren mir zeigt vom Beherrscher der Erschaffnen:

O so töne man rings vom Kriege,

Kriege! ich höre dann nicht.

### Die Unschuldigen


Immer noch willst du, bittrer Schmerz, mich trüben;

Immer drohst du mir noch aus deiner Wolke,

Kriegserinnrung! Fliehe, versink' in Nacht, du

Böser Gedanke!

Freu' ich vielleicht mich nicht mit heitern Freunden,

Nehme herzlichen Teil an ihrem Lose?

Hörend, wie sie jetzt des Gelungnen froh sind,

Jetzo der Zukunft!

Ruh ich denn nicht am Mahl mit heitern Freunden,

Ruh und schmause das Blatt, wie sie das Rebhuhn?

Sehe, trinke stärkeren Wein, als Pflanzen

Sind, die das Beet nährt?

Stärkeren als der Quelle Trinkerinnen,

Die mit Weine sich kaum die halbe Lippe

Nässen, wenn nicht etwa für ihn die Traube

Reift' an der Marne.

Scheu vor des Rheines alten Kelter, streiten

Sie, nicht scherzend: ob mehr des schnellen Anklangs

Würdig sei der weiße Pokal? ob mehr das

Rötliche Kelchglas?

Aber kein Streit ist über tiefes Schweigen,

Kriegeselend, von dir! Ach, wenn Erinnrung

Deiner mich entheiterte: dann wär ich der

Schuldige, sie nicht,


Müßte, mich selber strafend, mir den Anklang

Mit der Siegerin dann verbieten, der es

In dem heißen Kampf für die schöne Röte

Wäre gelungen.




### Die höheren Stufen


Oft bin ich schon im Traume dort, wo wir länger nicht träumen.

Auf dem Jupiter war, eilet' ich jetzt

In Gefilde, wie sonst niemals mein Auge sah?

Nie Gedanken mir bildeten.


Rings um mich war mehr Anmut, als an dem Wald' und dem Strome

Auf der Erd ist. Auch quoll Feuer herab

Von Gebirgen, doch wars mildere Glut, die sich

Morgenrötlich ins Tal ergoß.

Wolken schwanden vor mir; und ich sahe lebende Wesen

Sehr verschiedner Gestalt. Jede Gestalt

Wurd' oft anders; es schien, daß sie an Schönheit sich

Übertraf, wenn sie änderte.


Dieser Unsterblichen Leib glich heiteren Düften, aus denen

Sanfter Schimmer sich goß, ähnlich dem Blick

Des, der Wahres erforscht, oder, Erfindung, sich

Deiner seligen Stunde freut.


Manchmal ahmten sie nach Ansichten des Wonnegefildes,

Wenn sie neue Gestalt wurden. Die sank,

Zur Erquickung, auch wohl dann in das Feuer hin,

Das dem Haupte der Berg' entrann.


Sprachen vielleicht die Unsterblichen durch die geänderte Bildung?

War es also; wie viel konnten sie dann

Sagen, welches Gefühl! redeten sie von Gott;

Welcher Freuden Ergießungen!

Forschend betrachtet' ich lang die erhabnen Wesen, die ringsher

Mich umgaben. Itzt stand nah mir ein Geist,

Eingehüllet in Glanz, menschlicher Bildung, sprach

Tönend, wie noch kein Laut mir scholl:


Diese sind Bewohner des Jupiter. Aber es wallen

Drei von ihnen nun bald scheidend hinauf

Zu der Sonne. Denn oft steigen wir Glücklichen

Höher, werden dann glücklicher.


Sprachs, und zwischen den auf und untergehenden Monden

Schwebten die Scheidenden schon freudig empor.

Jener, welcher mit mir redete, folgt'; und ich

Sah erwachend den Abendstern.